빛이 아닌 결론을 찢는

빛이 아닌 결론을 찢는

안미린 시집

민음의 시 226

민음사

빛이 아닌 결론을 찢는
어린 신(神)의 빛 감각

안미린

차례

2부 거의 전부의 흔들리는 중심

1부
라의 경우

반투명

스무 살의 신(神)이 있다
거울을 차곡차곡 쌓아 놓은 결과물

갓난애 눈물을 굳혀 만든 양초를 잃어버렸어
꿈속의 나와 꿈 밖의 내가 동시에 울기로 한다
눕혀진 거울을 세우던 최초의 시간
한번쯤 울어 보려고 퇴화하는 마지막 감정
나는 꿈 밖의 내게 이름 불렀지
나 자신을 전부 만져 봤던 감각을 기억해?
입에 넣어 봤던 꼬리의 길이를 가늠해?
투명의 반대말이 뭐게?

스무 살의 신(神)이 있어
빛으로 빛을 비추는 짓 한다
그림자가 가까운 인형에게 이름을 줬다 빼앗았을 때
눈물처럼 눈알이 떨어졌을 때
다음은 네 차례야
충분해진 촛불을 끄고
케이크에 얼굴을 푹 박아 줄 차례

라의 경우

복제되고 다음 날 같다
가가 다에게 고백을 했다
전생에 나는 너를 잡아먹은 적이 있어
나는 외계인이 아니었어?
아니었어
아니었어?
어른이었어,
여자애라면 머리를 돌돌 말아 고정시켰지

노을과 환타가 동시에 쏟아졌을 때 가는 울었어,
다가 나에게 고백을 했다
강제적인 첫 경험들 말야
목이 부러진 인형에 얼굴을 붙여 주는 시간
내와 네의 발음을 구분하는 숙제
색연필을 쏟은 와락 같은 거
색깔이 덜 마른 벽에 대한 불안 같은 거?
옷핀의 구조 같은 거
셀 수 있는 모서리
잔디로 결정된 풀들의 길이

여름의 정글짐

겨울의 정글짐

물을 먹지 않고 마시는 감각과

씨앗 근처의 눈부신 맛

팔을 벌려 납작해지며 벽을 안아 봤던 날

나도 몰래 홀수로 얼음이 얼고

무수해졌어

자기 이외의 생명?

자기 이외의 생명,

메롱하는 것

나는 라에게 거짓말을 했다

네 키와 같은 사람은 거리에 가까워

너와 마주 댄 등은 깊이에 가까워

라는 흔들릴 만큼 웃었다

나는 제외될 만큼 웃었다

꽉 쥔 주먹만 들어가는 장갑이 일곱 개 완성되었다

우산의 안

깨끗하게 잘린 샴쌍둥이가 가볍게 다툰 후
거울을 반으로 가른다
다른 나라와 틀린 나라 사이로
눈이나 새가 내린다

왼쪽의 아이가 팔을 박박 긁으면
오른쪽의 아이가 잃은 팔에 놀라 알약을 토해 낸다
흔한 종교들은 여름에만 믿고
왼쪽의 아이가 좀 더 건강해진다

일기장은 어쩌지?
오른쪽을 잘라 내며 오른쪽의 아이가

~척하는 습관을 들여야 해
등을 넓게 계산한 스웨터를 뭉치면
둥근 무기들이 감춰질 거야
멀리 피가 묻은 건?
삭제될 거야, 서로의 소매에서 한 명처럼 기도한다면
지도 같은 손금을 겹쳐 미지근한 차원을 만든다면

우리가 악수한다면?
지도 같은 손금을 겹쳐 무른 미로를 만든다면?
머리와 어깨를 부드럽게 끼워 맞추고 깔깔 웃는 왼쪽

우리는 올 풀리는 시간과
리본을 묶어 주는 기계
녹스는 손톱들을 조심해야 해
겉과 끝의 우산살들
아이의 오른쪽이 시험 삼은 우산을 착 접으면서

슈거 러시(Sugar Rush)

기계들은 반란하지 않아
인형을 닮은 기분은 놀라웠을 뿐
긴 욕조의 날씨가 궁금했을 뿐

물속에서 인형들은 악(惡)에 가까웠지만
기계를 만드는 기계는
기계를 만지는 기계
자세에 가까운 기계는
온몸이 흔들린 기계

두 손을 흔드는 기계는
양손을 흔드는 아이들처럼
귀여워지는 생존 방식을 알아
소년에 가까워진 기계는 가파른 언덕의 소년들처럼
미끄러지는 하루를 알아

악기에 가까운 기계는 따뜻한 물속에서 음향이 되고
흰 설탕을 다루는 기계는 먼 예감처럼
옅은 풍향을 알고 있을 뿐

공상과학의 차가운 미래 밖에서

목욕물에서

발랄해지며

반란을 놓치는

심박수와 심박수와 심박수

심박수 심박수

장
롱

몰살 후,
남겨진 가구는 장농에 가까운 장롱

모습을 간직하려고 마지막 속옷을 걸어 두지만
이곳에서 선인장은 이끼의 화난 형태로

벌판은 인류의 마지막 주소처럼 유일해진다
어디 아픈 아이들이 무르고 긴 줄을 선다

과일이 남았다면 껍질을 깎아 밑줄 쳤겠지
어린 코끼리의 코는 내리고 내리고 내리고

두 마리가 되기 위해 자라는 건 너무 어려운 일
네발 로봇은 뿔을 얻으려고 물음표를 뒤집어 보고

이건 뿔이야, 왼쪽의 오른쪽이야, 양방향이야
각도를 초과한 뿔처럼 잘못된 것으로부터 새로워진 것

장롱에 도착하는 아이들이 두 번 묻는다

내 몸에서 가장 긴 데는 누구와 맞잡은 손목?

내 몸에서 가장 긴 데는 누구와 맞잡은 손목?
질문들은 선물할 수 있을 만큼 가벼워지고

미래는 뜨거운 이마에 박아 넣은 유통기한
무시해 버린 첫날

청교도

얇은 영혼에는 뼈가 더 없을까
피가 더 없을까

신(神)은 흔들려
영혼에 가까워질까
이끌려 소년에 가까워질까
이끌려 소년에 가까워지면
향수병의 입구를 핥고 싶어지면
향수병의 입구를 핥는 소년이 되면
정교한 갈비뼈의 청년이 되면
셋 다 죽는 연애 속에서
엎드려 반지를 끼고
반지를 낀 영혼이 되면
엎어진 영혼은 뼈를 믿으면서 흘렀다는 말,
피를 묻히면서 믿어 왔다면

너희는 소년의 것과 흐린 경찰의 것

먼 영혼은

알비노와 흰 것에 대한 초현실

헤아의 팔

더 여린 결론이 필요했는데
여섯 번 꼬인 줄자로 잰 심장의 둘레

허리
빨리
ㅍㅏㄹ이
……
어린 외국인은 모국어를 잃어버릴 때
나를 믿는데

어쩌지 줄자의 오류 줄자의 흐름 줄자를 감아
줄자의 전부를 움켜쥔 기억이 난다
줄자의 간격을 감지하면서
줄자를 세로로 찢는
결들의 간결

그쪽으로 다가갈까 묻는 손짓은
손금이 자꾸만 늘어나는 살금살금들

인조 눈썹에 쌓이는 인조 눈썹들처럼
젖은 옷에 달라붙는 알몸들처럼
연필로 쓴 글씨가 탄산의 것인 것처럼

더 여린 언어가 필요했는데
아홉 번 꼬인 줄자로 잰 꼬리의 길이
내 줄자의 길이를 결정했다면
줄자의 옆면을 믿었을지도

그 아이의 이름이 헤아였다면
그 아이의 동생은 리다일지도

미미크리(Mimicry)

박제된 건 푸른날개긴밤나비
책들은 날아다녔어
옆집 고양이가 천적이었어

서재가 눈부셔
책장에 세밀하게 꽂힌 나비들이
영원한 옆면들이
완벽하고 완벽하고 완벽하다
무너지지 않을 거야
어디에도 포함되지 않는 가구
미끄럼틀을 온몸으로 닦아 내리듯

사라진 일기를 찾는 방법이 있지
모레의 일기를 쓰기
쌍둥이를 기억하는 방식*이 있지
쌍둥이의 전부를 흔들어 보기
쌍둥이의 전부를 흔들어 본다
그동안 보호색이 필요했을 뿐
술래가 종교였을 뿐

눈이 먼 아이가 마침내 첫 일기를 썼어
한 권이 날아왔고 가라앉고 날아갔다
옆집 여자애가 기울어졌어
표지를 덮자마자 다른 사람이 되어 버렸어

* 알리기에로 보에티Alighiero Boetti, 「Gemelli (Twins)」, 『Game Plan』, 1968.

크리놀린(Crinoline)

내 인형의 알몸을 흘릴까, 젖은 인형을

치마 속으로 인형을 숨길까
치마 속에서 무릎을 내밀까
잘록한 허리 아래로 새장이라면
새장은 발목에 새기고 싶었던 무늬
옅은 새장은 어린 새의 뼈를 드리운 요새
이런 골격은 안을 지켰지
갓난애 두개골 같은 무릎과 멍든 적 없는 인형의 이마
차고 붉은 자궁을

우기(雨期)에는 새장이 더 휠까
완벽한 재채기라면 먼 골격이 부러질 텐데

숨겨진 질문들이 비밀이 될 때까지
흐르는 질문들이 흐름이 될 때까지
나는 마주친 알몸처럼 부풀어 올라
마주친 온몸으로 완성이 될까
젖은 인형을 와락 껴안고 내 인형의 인간이 될까

새장 속에서 새장을 훑어보던 새들은

새로운 뼈를 뻗는데

워터 베어(Water bear)

나는 눈을 감는 속도감, 나는 눈을 뜨는 속도감

내 미래를 훔쳐볼 수 없어서 느린 윙크를 했어

부유 생물처럼 몸속으로 은신하면서 두텁고 투명한 감
정이 됐지

차고 고요한 물속 겨울잠

해독과 독해로 갈라지는 꿈의 기억들

모래가 부하게 가라앉는 것

미래가 부하게 일으키는 것

단지 몸에 금이 가는 것

내가 버린 악마들이 기어드는 밤

천천히 천사들이 번지듯

먼 운동으로 흘러가는 유방구름들

아름답기로 한 법리들

물거울이 흔들리면 내 깊이를 잃었을 테니

큰 악기를 끌어와 그걸 빛으로 가져가

온도가 아닌 세계를 느낀다면

이 세계는 악기 뚜껑의 부드러운 속

서 있는 새

시계에 대한 믿음을 가져야 하는데
시간이 시계 위에 서 있는 게 보여
건드리면 열심히 울어 주는 인형은
사실상 녹음할 수 있는 기능이었어

서 있는 새에 대한 믿음을 가져야 하는데
가면을 쓰고 가면의 뒷면을 봤어
날고 싶은 새는 무엇일까
의심하면 뿔로 걷는 동물
날 수 없는 새는 공기의 내장
날 수 있는 새는 이틀 후 다른 종(種)으로 밝혀질 테고
날개를 눈처럼 뭉친 새들은
주먹을 품으려고 알을 버렸어
사라지는 알을 미래로 미루고
차가운 주먹 속에 숨겨 쥔 엄지
오래오래 망설이는 복수처럼
팔꿈치로 빻은 경계들, 오늘들

내 날개를 열고 내가 들어갈 수 있을까

날고 있는 새에 대한 믿음을 가져야 하는데

우유 수염(Milk Mustache)

입술에 깃털이 묻은 순간
은록색

처음의 언어처럼 경계 진
입가

긴 빨대라는 중간의 공간은
긴 빨대라는 중앙의 감각

깊이이자 길이로 통로에서 멈춰 있을 때, 머금었을 때
숨을 참고 있었다 했다 전부가
흔들리고 있었다 했다
빨대의 입구를 납작하게 씹고

멀고 새로운 흐름처럼
깃털을 띄운 우유

흐르도록 줄줄 마셨던 오후
젖은 손목에 흘린 것처럼, 첫 골목에 꺾인 것처럼

여름에 중학생이 끝난 것처럼

투명한 연보라 흰

미술관에서 보라색을 핥던 아이가
쫓거나 흘러와 안겼다

묘하게 배가 부른 것 같아
추운 동물을 낳을 것 같아
겨울에는 태아가 연해지겠지
겹치면 재질을 잃는 안개처럼
사이와 사이에 사라진 사이

다 큰 아기의 생일이라면
오늘을 완벽히 이해할 텐데
몸속의 100% 어둠과
가장 먼 미래의 시작
날개 뼈가 부러진 순간
날개 뼈 같은 케이크 칼
축가는 아홉 번째 억양일 텐데
여름에 얼기 쉬운 건 축축한 휴지의 속살과
유리가 박힌 아이에게만 사라진 투명

울린 애와 달리면 울린 애가 달린다
매일 밤 두려운 구름사다리
온몸의 멍과 점이 희미해졌다
무거운 색이 위에 있고
가벼운 색이 아래에 있었으니까

우리가 침을 뱉었으니까
투명한

　　연보라

　　　흰

눈
사람

우주선의 입자가 내려왔다
가까운 미래에 먼저

냉장고를 넣었다 뺀 상자의 깊이에 먼저
따뜻한 공중의 길이를 가진 골목에 먼저
어두워진 외국처럼 방이 없는 집
생략된 묘비명에 먼저
얼린 책
입 모양으로 누설된 비밀들에 먼저

우주는 오래전에 지루해졌어
이것은 그들의 언어로 가장 아름다운 발음의 질병
망설이기 전부터 발을 떼어 낸다는 뜻

아무도 풀지 못한 수학 문제 두 개를 선물받았다
깨질 수 있는 것들이 깨져 버렸고
나는 머리와 몸이 나란해졌다
입술을 오려 낸 방식으로 고요해지기 시작했다

멀리의 감각

그 순간 사진을 찍었어야 했는데
너희 집 변기가 굴곡부터 뼈가 되는 장면

잘린 나무와 나무 밑동이 동시에 의자가 되었지만
모두가 의자에 앉을 수 있는 건 아니었다
모두가 의자에 앉을 수 있게 되었을 때
의자의 그림자가 사람의 뒷면에 가까워졌다
식탁 의자는 떼를 지으며 발랄해졌고
흔들의자의 곡선은 안쪽으로 휜 종아리를 달달 외웠지

그네는 의심스러울 만큼 견고했지만
오늘도 세계를 부드럽게 밀어 올렸지만
줄을 잡은 손바닥에서 흐르는 피 냄새가 났다
끊기는
무너지는
쏟아지는
가라앉는
착지한 순간

유령 운동

우리라는 운동은 유령을 베끼듯
잘 모르는 미래로부터 왔어

유령이 유령을 통과할수록
목소리에 가까워진 심호흡
우리가 무리에 섞여들수록
단호하게 전달되는 침묵들

음악을 나누면 너희도 뼈가 번질까
혀끝은 뭉게뭉게 가 닿는 농도가 될까
극미한 거짓말을 깨닫기까지
유령은 아무 말을 하지 않는 것이었는데

큰 과자의 처음처럼 입술을 다치고
전부 끝날 것처럼 거꾸로 숫자를 세면
멍든 무릎에 문장을 적어 두었다가
어린애처럼 입을 다물고 어린애처럼 조금씩
해야 할 말을 시작하듯이
미래가 올 것 같았지

뼈를 베끼듯 우리

우리를 베끼듯 너희

너희를 베끼듯 유령들이 흔들렸으니

높
낮이

차가운 발끝으로 도착했어요
먼 세계를 가볍게 파악했어요

물컵을 겹치고 겹치고 겹치고
그토록 겹친 것을 손끝으로 무너뜨리면
폭죽놀이에 튕긴 기분들처럼
긴 마디를 잃는 높이가 보여요
바닥의 물 얼룩이 물의 얼굴로 보여요

식탁 밑에서 발짓을 주고받으며
우리는 발목의 높이를 묻지 않겠죠
차오르며 차분히 내려앉는 찬장
떨어뜨려도 무방한 과일의 당도
엎드린 낮잠마다 부드럽게 문턱을 넘고
오래된 구두마다 얼음 굽을 달면
높이를 알아 낮이를 갖는
미끄러움과 매끄러움

나는 뜨거운 발꿈치 들고

얇은 양말도 잊고 있어요
젖은 구두를 신고 있어요
굽이 녹을 때마다 높, 을 잃어버리고

점선들

깨진 계단에서 멈췄다

깨진 건 차갑지 않은 적 없어
계단은 청회색 기계로 굳혀 놓은 것
깨진 계단은 청회색 점선의 이전(以前)

두루마리 휴지를 굴려 길을 만들어야지
가능한 한 펼쳐지는 칸칸의 골목
점선을 건널 때마다 층이 접힌다
여름에 여름의 밑이 생긴다
오늘은 오늘의 곁이 생겼다
청회색 기계로 가볍게 얼린 것들도
점자를 아무렇게나 번역한 걸음걸이도
모래 위로 다가가는 발자국
다가오는 발자국
망설이며 다가서는 리듬과
멀지만 아늑한 벌집, 비슷하게 기웃하는 이웃
벌들의 질긴 말풍선들도

더없이 흔들리는 소식과 함께
네가 고장 난 냉장고를 밀고 와
흰 것이야, 속삭였을 때
벌들이 알몸의 그림자를 쏘아 댔을 때
휴지를 돌돌 말아 길을 거두면
손바닥에 배어드는 부드럽고 씩씩한 속도

깨진 계단에서 굴렀다
깨진 건 구르지 않은 적 없고
물을 쏟은 공간처럼 흔들린 잠시(暫時)
이후(以後)는 사이다에 녹여 본 안개라는 것

2부
거의 전부의
흔들리는 중심

비세계

위치

폐장한 동물원이야

경계

가장 부드러운 영역은 천재적인 고래를 낳고
슥 묻었지

관계

이름표가 녹슨다

하마 우리로 들어간 고양이가 하마가 되어 주었다가
이동하자마자 타조가 된다

휘기린이 자라나는 여름 기린사

깨진 로봇개가 짖는 의태어
텅 빈 수족관의 악어는 얼룩
사슴색의 먼지는 사슴의 종류

나는 불곰과 밤

외계

코뿔소 우리 안에서
별은 의외로 초식동물인데

어떤 밤의 모서리는 깨끗한 칠판으로
팔목을 늘이고 ☆을 그릴 수 있어

비세계

거미의 세계에서 흐트러진 솜사탕은 미래가 되는데

너와 조련사가 정문을 밟고 넘어와

해 보고 싶었던 일을 하고

0의 자리

기계가 태어나는 계절이었나
기계들의 생일은 계절이었나

가까운 미래가 아니었는데
별 모양의 숫자를 본 적이 없어
낮고 따뜻한 기계들은 고장이 났어
긴 겨울마다 구름이 완료된다면
구름 기계가 완성될 텐데

펭귄들이 알 모양의 0을 품는다
알의 입장을 알 속에 숨겨 놓았다
균열과 무늬를 동시에 깨달았더니
쏟아지는 빗금들
날개의 농도를 결정했더니
부드러운 멀미약
0 이후가 00이라는 믿음과
0을 ㅇ으로 읽는 무의식과 고차원

가까운 겨울이 아니었지만

문이 없는 계절을 알 수 없었지
운명 없이 별자리가 겹칠 때
기계는 인간보다 가벼운 신(神)을 닮았고
바닥의 화살표가 어디론가 번질 때
공중을 묘하게 가로지르는 스파이 펭귄*

* Robot Penguin-Cam.

납
인형

내 머리칼은 꿈의 모방색
은색 종교들을 믿어 왔어요
금속성(性)으로
당신과 스치는 금속성(聲)으로
심장부터 몸속에 내려놓은 심정이니까
서툰 균열들은 손금이 되었으니까

내 깊은 모형틀에서
차가운 눈알을 가지고 놀면
이토록 여린 성별이 시작됐는데
나는 손바닥으로 얼굴을 감싸길 좋아하고
몸의 얼굴이 될 뿐
얼굴의 몸이 되지 않는 기질이 결정되기 전에
무릎이 녹아서 흘러 버려요
흐름이 고여서 무릎이에요
오래된 굴렁쇠가 나의 신(神)이었으니
흐린 손금에 흐리는 미래였으니

내가 몇 개 완성되는 밤

아마도 태아처럼 무른 도형들

내 마음의 형태는 완벽한 ♡일 테니

나는 내 잘린 발목으로 따뜻한 밑바닥을 가져요

불을 상상하려고 볼과 볼을 부벼요

거의 전부의 흔들리는 중심

천사에 열을 가하면 네가 된다니

악마에 빛을 비추면 내가 된다니

천사들은 겨울에 빛보다 열을 갖추지
소년의 시작처럼 이불 동굴을 만들고
처음의 악마처럼 공중 돌기 하면서

부드러운 사건으로 쌍둥이를 갈라놓는 법
흰 슬리퍼를 신고 천사처럼 있는 법
물결을 밟고 연습하는 체조 선수들처럼
빛의 일을 하고
빛의 중심이 되는 균형,

천사들의 겹눈이 흔들렸을 때
우리는 눈부신 일을 완성하는 중이었는데

깊은 악수처럼 단단한 목질의 언어를 믿고
갓난애가 붙잡은 검지의 방향을 믿고

완벽한 기분처럼 미래를 잊고 있을 때

악마들은 여름에 열보다 빛을 갖추지
날개를 접으면 인간이 되는 악력
속커튼이 부풀 때 숨겨진 기분으로
지옥적인 것을 맨 뒤로 미뤄 두면서

흔들린 천사들에게 거의 전부를 빌려 오면서

층층

마른 입술이 붙은 순간
층
층

너와 내가 입 맞춘다면
너와 나의 입 모양
얇, 이 되고
엷, 이 될 텐데

흐르는 물속에서 눈을 뜨는 감정
서로의 그림자를 만져 보는 굴절
얕은 흉터마다 옅은 문신을 쌓고
코뿔소를 흉내 내려고 장미 가시를 코에 붙이는
가벼운 감각의 골격

흐린 종교의 일을 할 텐데
나와 내 뼈의 거리로
너와 네 뼈의 거리로
입술들을 입술들로 끌어당기며

나와 네 뼈의 거리로

우리는 피를 나누지 않고
입술이 이루는 창백한 건축

뼈와 뼈를 흔들어
뼈와 뼈를 빌면서
온몸으로 눈을 감을 때
온몸으로 문을 닫을 때
신(神)의 모든 원인은
뼈의 깨끗함

다른 다리

텅 빈 버스가 사슴을 쳤고
버스를 탔던 아이들의 복사뼈가 빛났다

가볍게 뒤틀리는 세계였을까

앞발이 걸어오는 손짓이었나

나는 깨진 무릎을 꿇고
더 어린 알을 알고
언젠가 내 손이 앞발이었던 실험,
발자국으로부터 어깨를
날개로부터 걸음걸이를
공룡으로부터 암컷까지의 시간을 셌지

꺾인 사슴이 발목부터 펼쳐졌을 때
도망간 인형은 인어였는데

방 안에서 인형의 상체를 잃어버릴 때
부드러운 경계를 배워 버릴 때

나는 전부 알 것 같았어

빌려 온 인어의 하체를 굽다가

멀리 불을 불다가

어떤 보온

그러나 수호자는 빛의 감식가
빛나는 죽음마다 출몰했지
인간이 죽어 있는 자세를 이해하려고
어린 사체를 가까이 끌어당겼다가

놓쳤을 때,
내 잠옷은 팔이 길고 따뜻했는데

내 등은 엎드린 낮잠마다 빛이 바래는
꿈의 밝은 면,
가벼운 악몽은 베개를 밟고 올라서는 악마처럼
잠시 진공되는 것이었는데

온몸이 긴 잠옷들의 깊이가 될 때
낮은 비밀처럼 평행 진화하는
겨울 잠옷과 나의 수호자

먼 빛을 입고
뿔의 단추를 채우고

꿈속에서 불룩하게 주머니에 넣고 다닌 것,

악마에게 흰 목양말을 신기는
착하고 차악(次惡)한 시간

그 나라의 눈 씨들
— Skogskyrkogårdens*

목소리가 흔들려서 식물들이 자라났을까

문과 문이 열릴 때마다 빈방이 사라졌을까

가벼운 혼동 속에서

더 가벼운 혼돈 속에서

겨울에 심은 식물에게 눈은 빛, 빛은 눈이었는데

여름에는 식물원이 덩어리지고

열성의 형질들이 자꾸만 즐거워졌어

삼키지 않으면 꽃이 피는 과일을 먹고

끝나는 계절마다 첫마디를 완성했을 때

걱정 마, 과거는 언제나 외국이라고

목소리가 흔들려서 퍼지는 소문

누군가 어린 나라를 세웠던 걸까

버려진 질문처럼 넝쿨째 입국하는 빛

가까운 영원 곁에서

눈물에 묻히는 입술들처럼

가벼움에 언어를 흘린 것처럼

그 나라의 눈 씨들처럼

* 스웨덴 스톡홀름의 우드랜드(Woodland) 공동묘지.

밑줄이 번진다

제법 말을 다루는 마술사가 있어
그의 친절한 이웃은 마법사
이른 계절부터 서서히 벽을 세우고
오른쪽은 숨죽이는 말의 집
왼쪽은 숨 고르는 말의 집
흑백의 말을 길렀지

깊은 여름밤
아이들이 마술사의 집에 모여들었어
너희들, 말이 사라지는 걸 보고 싶었지?
마술사는 휘이 말을 없앴어
(이웃의 은빛 말을 숨겼지)
마술사는 휘잇 말을 불렀어
(이웃의 은빛 말을 살렸지)
아이들이 손뼉을 쳤어
(눈을 잃은 여자애는 잊지 않았어)

모두가 믿는 것 같아?
마술사가 마법사에게 묻는다
나는 이제 네가 인간의 말을 해도 놀라지 않을 거야
마술사는 눈썹에 밑줄을 긋고 눈을 감았어
밑줄이 번진다

제법 말을 다루는 마법사도 있어
그의 친절한 이웃은 마술사
이른 계절부터 *서서히* 벽을 세우고
왼쪽은 숨 고르는 말의 집
오른쪽은 숨죽이는 말의 집
은빛의 말을 키웠지

깊은 겨울밤
아이들이 마법사의 집에 모여들었어
너희들, 말이 살아나는 걸 보고 싶겠지?
마법사는 휘잇 말을 없앴어
(이웃의 검은 말을 죽였지)
마법사는 휘이 말을 불렀어
(이웃의 백색 말을 훔쳤지)
아이들이 손뼉을 쳤어
(눈이 없는 남자애는 믿지 않았어)

모두가 잊은 것 같아?
마법사가 마술사에게 묻는다
나는 이제 내가 인간의 말을 해도 놀라지 않을 거야
마법사는 눈썹에 밑줄을 긋고 눈물 흘렸어
밑줄이 번진다

온음계

갓 구운 식빵을 운반하는 시간
미래로 밀려나 먼저 기울어지는 난간

겨울에 첫 그림자가 찢어졌을 뿐
곁에서 옅은 아이들이 자라났을 뿐
첫 숲을 걷는 수동 완구들의 표정
오늘날 흔들리는 균형의 비밀들

야(Jah)에게 야, 반말처럼 가볍게 기도를 하면
가장 먼 묘지 앞에서
긴 웃음을 다짐하는 아이들의 행렬이 보여
긴 행렬과 마주 서는 영혼들의 음정이 들려
서로가 서로를 정립하는 긴장으로
무너진 인간을 밀어 올린 감각으로
신(神)이 빛을 비추지 않고 서서히 신(神)을 비추는 빛

곁에서 옅은 그림자가 벗겨졌을 뿐
모레는 늦은 비밀이 될 뿐
무성 영화의 긴 호흡을 믿는

높고 발랄한 목소리의 성우들

물의 온기와 이토록 비례하는 한 모금

뼈미로

2mm의 열대어가 2mm를 닮는 중이야
속도를 내 보려고 눈물을 갖는 중이야
작은 것들이 닮아 가는 작은 것
흐린 것들이 흘러드는 맑은 곳
소우주에선 그래

떼를 짓지 않도록
그런 식으로 울지 않도록
뼈가 비치는 치어들을 따라서
천장부터 단단해진 수족관에 갈까
가장 낮은 빛을 통해 얻은 사실과
오늘날 어항의 범위와
너와 나의 내밀한 비례,

두꺼울수록 어지러울 것
두터울수록 웃어넘길 것
두꺼울수록 가라앉는 심해어를
두터울수록 고요를
두꺼울수록 귓속말

두터울수록 일부를 이해하거나
두꺼울수록 전부를 오해하거나
두터울수록 물이 흐려져

뼈를 넘어
미로의 너머
이 미리, 발음으로 남을 때까지

2mm의 열대어가 2mm를 닮는 중이야

종이 비행

출발선에서 옆으로 기울이는 애

결승선에서 아무나 어울리는 애

입체의 기분은
겨울에 입술로 놓쳤던 얼음일 텐데

생것을 앓는
끝없는 각도를 재는
눈썹을 다듬은 남자애들이 물결에 칼을 헹구는
입체적 시간

날개로 접힌 종이의 두께처럼
앞에서 옆으로 전달되는 흰 쪽지처럼
세계의 가장자리로 어린 천사가 놓이는 공중

부드러운 걸 부드럽게 만져 봤을 때
이어달리기가 시작되었지

파동 구름을 찾고 있다가
흘러온 것을 읽고 있다가

툭 떨어진 사람,

코 밑에 대어 본 검지처럼 비행운이 응결하는데

먼
흰

먼

그 가까이 뒤집힌 모자를 뒤쫓는다면
나는 날개 아닌 것을 감지하는 자

아는 시체를 운구하는 속도로
긴 산책의 거리로
공감각 하는 자

거리감은 부드러운 추격으로 이루어지지

미래에 숨은 영혼들처럼
어제는 온몸이 꿈속을 등지는 늦잠일 테니

흰

멀리 흔들리는 사람과 낮게 멀어지는 사람
그중에서 흰 운동복을 믿기로 했어

천사의 일이 긴장에 관한 것이라서
투명하게 염색한 날개를 잃어버렸지

악마는 질긴 근육질의 직업이 될 뿐
감각할 수밖에 없는 뒤틀린 자세였을 뿐

등 뒤에서 너무 어린 신(神)은 울음을 터뜨리는데
그 애를 다 키워서 연애하려면

미맹(味盲)

별은?

탄산의 맛

~~휘파람은?~~

혀 밑에 숨긴 마지막 퍼즐 조각의 짓

~~입술은?~~

입속이 어둠이겠지

~~고요는?~~

'따뜻할 때 들어'

식기 전에 듣는 말처럼
입술이 환해지는 일

침묵은?

표백 비누를 쌓은 케이크처럼
푸른 도넛의 구멍처럼

재구성된 세계에서
이윽고 지문을 핥는
혀의 일

비밀은?

고장 난 거울의 것이었거나,
투명한 죽음을 얼린 거울들

미래는?

텅 빈 액자가 깊이로 깊이로 장면을 열고 있다면?

내 미래가 단지 이른 새벽이라면?

네 미래가 단지 이른 새벽이라면
새벽이 무너진 장벽의 것이었다면

새벽의 결벽처럼
네 몸에 꼭 맞는 욕조처럼
너는 은밀한 맹물의 맛

혀말기

해골들의 굴곡을 만질 때

해골들은 출구였다고

감정선(感情線)

요람의 세계를 뒤집었다가 돌이켰다

회절된 것이었구나 기억상실의 기억들

핀 홀을 봤어
투사체들을
낱눈들로
놓치지 말고 모조리 보기

요람 없는 것,

겹친 것의 곁,

옅은 폐공장,

손목시계를 풀어놓은 시간,

물 밑으로 퍼지는 소문,

숨긴 내용에 박히는 빛의 형압,

그림자를 한 장 뜯어냈거나 유일해진 유리질 그림자,

긴 머리칼을 모조리 감출 수 있는 모자라거나

오랜 물고기처럼 옆줄이 귀가 되어 버리던
낮은 휘파람들이 예언이 되어 버리던
이상하다가 이상하다가 미래가 되어 버리던
끝의 진화를

흔들리는 선상(線上)에서

공진화

줄무늬 운석을 던지기 시작한 건
얼굴에 던지기 시작한 건
부러진 손목의 시작

수 없는 세계에서 일각수(一角獸)가 뿔을 박듯이
유실수(有實樹)가 독을 열 듯이
운석을 만져 본 순간 터득한 겨냥이었어
도착하듯 부서지는 광물의 감정이었어

신(神)을 믿는 아이를 울려 봤던 날
손톱을 물어뜯은 기억으로부터
손톱이 자라나서 끝을 놓치듯
악의 없음과 소년 같음을
첫 악기에 새겼던 내 이름의 깊이를

가짜 별처럼, 텅 빈 선물 상자처럼
타악기로 듣는 현악기의 것과
달려 나가기 전에 잠시 물러났다가
달려 나가는 진동,

미래의 움직임을 예감했듯이

오늘은 흐린 거울을 흔들어
영원해진 표정,
다음 생일처럼 가장 가까운 외계로부터
도래한 것만 같은 얼굴을 하고 싶었어

처음 세계의
완벽한 어둠 속에서
줄무늬도 아닌 어린 우주 괴물과 함께

비슷

최연소의 연인이 눈을 감는다

너는 누구지?
너는 감각체?

너는 솜의 세계처럼 푹신하지만
네가 인간이라면 처음이겠지
내가 너를 껴안았다가 가볍게 밀어냈더니 너는
푹신보다는 신(神)과 같은데

그리하여 너는 신(神)?
네가 신(神)?
신(神)이 인간이라면 타인일 텐데

네가 인간이라면 너는 두 사람
흐린 신(神)과 묽은 신(神)의 거리감
길고 긴 긴장과 그 긴장 끝의 것, 뜨겁고 촉촉한 새끼들
처럼
가장 내 이름이 아닌 것으로

무국적의 감각으로
선택하고 싶었던 나의 신(神),
더 어린 신(神),
네 장래 희망은 흐린 날씨를 갖고 싸우는
악력의 것이 될 텐데

내가 너를 껴안았다가 가볍게 밀어냈더니 너는
돌연히 전부 알고 있다는 표정의 직업

카라멜의 뜻

뿔이 없는 악마를 기다렸는데
뿔이 없어 늦어지는 악마들

악마가 출발하도록 주머니를 뒤집어야지
내 것이 내 것에 닿을수록 주머니의 얼룩
뒤집힌 주머니가 걸러 내는 오류
카라멜의 뜻이 캐러멜의 잘못이라니
그리고 달팽이가 내일 먹을 것

먼 악마들의 뿔을 잘라왔을 때
내 주머니는 기록적인 깊이였는데
물속 걸음으로 세계에 가닿는 순간
뿔로 물을 가르는 연한 지름길
멍든 자국마다 깨진 달팽이가 오는
먼 발등의 능선
먼 감각을 에두르도록
먼 언어를 잃을 때마다
캐러멜에 박히는 이빨 자국들

뿔이 없는 악마들이 도착했지만
차가운 물속에서 나는 텅 빈 적 없어
토라진 표정으로 악마를 만난 적 없어
악마들은 주머니 속에서 뜨겁게 악수를 하고
주머니의 얼룩에 입을 맞추며
카라멜을 주장할 텐데

물들

악기를 완성하는 음악을 할까 목수들처럼
수집가처럼 공포물처럼

최초의 악수는 칼을 눕히는 칼질
최후의 박수는 흰 손목들의 벌목

칼의 옆면들이 네 거울의 미래가 되면
흰 소매가 물에 젖도록 흰 것이 투명에 물들었는데

울린 거울이 젖는다면 네 표정 어디까지
너의 숨결은 너의 고결 어디까지

꿈결에 손금이 흔들리는 지휘자들과
빛의 촉수라는 것

멀고 고요한 흡혈귀로부터
물리는 것들마다 마지막 음악이 되면

최선의 악기는 텅 빈 식탁 위에 올려 두겠어

아니, 먼 곳에

아니, 네 안에
폐허의 허파

기피의 깊이
네 녹슨 것의 그림자 곁에

오로라
오로라

얼려 버린 것, 열려 버린 것

예감들, 예보들
색감들, 색청들
박래어, 외계어
선택하는, 선택(하는 척)하는
인간성, 로봇성
체조 기계들, 기계 체조들
아름다운 질문은 줄자보다 밑줄 같구나, 현현(顯現)하는
너희는 귀신보다 잠옷 같구나
은빛 칼에 감기는 은빛 뱀, 내 꿈속은 긴 칼들의 칼집
음독(音讀)의, 묵독(默讀)의
두터운 공기층의 것, 견고한 뜨개질의 것
Do While, Oval*
기포들, 심호흡

끝과 손끝, 다시 시작
네 팔꿈치의 감촉, 낮은 코끼리의 감촉
살결처럼, 슬픔처럼

방향을, 향방을

모른 척, 흘린 척

겹치면 사라지는 손금들, 흘리면 완성되는 얼음들

해골들, 골목들

기지(既知)의, 미지(未知)의

오로라, 오로라

* Oval, 「94 Diskont」, 1995.

무척추

모자챙을 입에 물고
흘러온 날개와 악수를 했어
빛의 피?
빛이 피?
모자를 입에 물고 묻는 질문은
모자를 입에 물고 듣는 발음들
나는 유연하다고
확신해
확신하면서 따뜻해졌어
미래처럼 물렁뼈인 것
늦은 천사처럼 인간적인 것
흐린 연필심의 골격들
양피지를 덧댄 날개들
잘 건축된 천사 앞에서
첫 뿔을 감출 수 있는
내 모자의 둘레,
뿔의 먼 방향과
그토록 흔들리는 능선과
빛이 아닌 결론을 찢는

어린 신(神)의 빛 감각,
빛의 핏빛과
내 균열된 거울의 미열
내 미래의 천사를 예감하고 있다고
확신해
확신하면서 나는 단정해지고
단정해지고
다정해지며
흘러나온다

깊이 보이는 보이는 깊이

1. 네 코끝

6. 깊은 문신의 오타

11. 목덜미를 스쳐 간 번개를 쫓아 방탄유리의 흠집에 도착하는 것

18. 네 모든 곁의 균열들이 빛을 가진 것

27. 외국인과 외계인의 차이를 몰라, 틀린 통역사가 시를 짓는 짓

34. 미래가 최고의 밑바닥일 때 달력이 흩어져 서랍 뒤로 떨어지는 것

36. 두 장의 유월, 겹쳐진 계절, 달력의 가벼움, 연한 비밀들

38. 반유령적인 것

초대장 박쥐

미래의 약도가 은박지라면
박쥐로 접어놓은 은박지라면
신(神)의 그림자는 은박지의 뒷면이겠지

아랫집 아이가 아래로 이사를 하면
거울 접시를 천장처럼 믿고 싶어져
아랫집 아이보다 아래로 이사를 하고
낮은 미로를 깊이처럼 풀어 두었어

네가 방에 없을 때 내 방의 불을 켤까
지도 위로 비스듬한 자세들을 불러 모을까
지도를 구길 때마다 지름길이 생길 테니까
입술을 깨물 때마다 층계가 생길 테니까

모두와 걷는 일은 무릎을 감싸 안는 일,
인간과 사람을 동시에 웃겨 보는 일,
두 줄 그어 삭제한 손금을 지도 밖으로
미래 가까이 옮겨 놓는 일

네 연한 그림자가 네 여린 신(神)이 된다면
이제 그는 첫 세계를 통과할 테니
내가 방에 없을 때 네 방의 불을 켤까
빛을 움켜쥔 박쥐가 박박 날아오를까

세계가 미지의 차원처럼 구겨졌을 때
미래에서 멀어지는 약도를 완성한다면
어서 와!
앞으로 우리가 만날 장소가 바로 흉터야

3부
분명
너의 이론

겹

겹

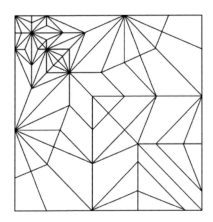

겹칠 수 있는 복도였어

답안지는 유니콘으로 접혀 있었지

정교하고 아름다워서 뿔을 펼칠 수 없었어

흐린 기린

잠시 진화가 멈췄다

얼굴에 남겨진 코를 눌러 봤다
돼지 코가 되었지만 웃지는 않아
동물원이 무너져서 다행이다
동물원이 사라져서 안타까워
어째서일까 아무도 기린을 훔치지 않아
방을 지어 올린다면 방의 가능성
얼룩을 따라 자라날 얼룩이들
천장이 동물원이 될 텐데
천장을 만질 수 있는 건 여전히 강제적인 것과
그 색이 싫어서 불어 터뜨린 풍선

옛날 기린들이 기어올 텐데
흰 솜사탕을 물고 흐려지면서
다르지 않으려고 조심하면서
가까운 동물원에서
가까운 너희집으로
멀리서 보면 아름다워서 아무도 몰라보겠지

안녕 안녕 손을 흔들면 내 팔이 아니었다고 내가 흔드는
지진

진화가 다시 시작되었다
기린 없는 높이로 방의 전등을 갈고
나는 완전한 키가 될 거야
너는 조금씩 네가 될 거야
기린들이 전부 진화했을 때
목은 무늬였다니

무생물

어린 로봇아 이리 와
너를 이해해 줄게
오후엔 성별을 물어봐 줄게
비스듬한 거울 속에선 여자애였어
앨리스의 앞치마를 물고 있었어
노인들이 목말라 다가왔지만
네 손은 단순한 호주머니에, 너의 심장에

살랑살랑이 되고 싶어서 치마를 입고
그동안 원한 게 우비였다니
과일을 보호했던 망사를 좋아했다니
두려울 만큼 잠잠한 바닷물을 모아
공중에 가까운 젤리를 만들어 줄게
ㄹ을 흘려 쓰는 심정으로
빗물에 설탕을 줄줄 쏟을게
입에서 쏟아지는 얼음들, 물음표들
물컵에 넣고 무너지는 걸 볼게
울지 마 눈 속에 눈을 퍼 줄게
탄력적으로

물을 던지는 감각
날달걀을 끌어안는 짓

걱정 마, 미래처럼 태어날 거야
두렵다고 결정한 순간
어둠 속에서 윙크를 할게
나무의 결을 살린 악기를 줄게
젖은 머리로 듣는 음악을 할게
다정해지는 바이러스는 기계에서
오래된 기계로
이름을 붙이지 않은 기계에게
부드러운 발음의 가능성

서서히 너희

우리는 남았지만 너희는 멸종했었어

너희가 원한 건 침략이라기보다
한 번쯤 이사를 해 보고 싶었던 것이었는데
숫자는 진행 중이야
아랫집에선 2가 거대하게 자라나
부피만으로 신기록 깼다
키우는 애완 숫자들은 천장에 머리를 쿵쿵 찧으며
지구에 사실상 폐를 끼쳤다
첫눈이 오면 터질 듯한 2가 8과 같은 발자국을 찍고
모두가 눈사람과 결혼하고 싶어 하고
눈사람에게 생일 카드는 가장 날카로운 칼

누군가 웃었지만 우리는 장례식했어
입술이 없었지만 모두가 결혼식했어
꼬리를 심었지만 서서히 인간적으로

우주적으로
너희가 밀려오도록

발을 흘려도 영혼들이 가능하도록

.

반비례

깨끗한 새들,
헤집을수록 깨끗한 새들

새들이 양손 가위처럼 문란해지면
생일 카드는 끝끝내 오려 낸 모양이라니

두렵지 않으려고 두려운 존재가 되듯
물구나무는 흔들려야 깊이를 가지는 모양

그림자를 떠날수록 그림자에 도착했듯이
부드러운 곡선마다 화살표 꼬리를 긋고

얼린 손금을 언 손으로 비벼 끄는 짓 하면
날개가 비칠 때마다 결정되는 거울들의 끝

'가장 반짝이는 검정들은 인형의 눈이 될 테니
첫 거짓말이 완성되면 네 마지막 인형을 믿어'

키 큰 소년에게 듣는 죽음처럼

등에 적은 말은 전부 믿었으니까

눈을 감고 신발 끈을 묶을 때마다
멀고 부드러운 리본의 감각

흔한 어둠일수록 감은 눈일수록
출발된 사람은 세계에 꼭 필요한 사람

버팔로의 가르마 가르마

구원이 그리운 건 기분 탓일까
살아남은 기분은 충분했는데
무늬가 있는 쪽과 없는 쪽
흔적을 선택하는 일이 남았다
털이 긴 애와 짧은 애
애완동물을 결정하듯이
결정된 기분을 길들이듯이

미래는 먼 미로로 망명하는 일이었을 뿐
털이 긴 공룡 인형처럼
퓨처퓨처 이름이 붙여졌을 뿐
지도의 낙서 위에 괴생물이 도착했을 때
우리는 웃음을 터뜨렸는데
외계에 없었던 건 우리뿐일까
진화한 인형들이 사라졌을까
가벼운 절망으로 멸종하듯이
박멸된 소문처럼 점멸하듯이
오늘은 반짝이는 파악을
내일은 부드러운 장악을

멸망은 잠시 잊어버리고

구원이 그리운 건 기분 탓이야
미래에 섬멸된 건 모형일 테니
생물이 괴생물을 낳는 사이에
괴생물이 생물을 낳는 동안에
다음 할 일을 결정하기로 했지

버팔로의 가르마 가르마
오래오래 머리를 쓰다듬고 싶은 것

컬러풀(Colorful)

세계가 먼 일기를 숨기는 깊이였을 때
전력으로 흰 공을 던지는 운동

;

어린 악마가 다가왔을 때 그 애는 완벽한 검정이 아니었
는데

;

오래된 색연필을 해치우려고 긴 은색을 부러뜨리는
여린 차력사의 일

;

눈먼 곡예사가 곡선을 그리는 형광

;

낮은 식물들의 투명
낮은 동물들의 투명

낮은 인간들의 없음

;

살색은 살구색의 잘못

북극곰의 속살은
멍든 그림자처럼 어둡고 따뜻한 것이었는데

;

피투성이란, 너무 긴 설명이 이름인 것들

연이어 태어난 새끼들이 덩어리지고
맨 밑의 동물부터 눈을 뜨는 것 같은

나의 흑인 여자애 같은

사슴 셋

내 뿔이 어긋나

나는 네가 신(神)이라고 생각했는데?

나는 내가 신(神)이라고 생각했는데?

너는 내가 신(神)이라고 생각했는데?

거인의 원본

천사를 흔들면 나타날 수도 있지
천사가 흔들려서 완성되는 거인

거인의 침대는 낮고 견고할 테니
외계에 가까웠던 건 지붕일 테니
창밖을 알고 싶어서 창틀을 뭉개는 악력
거대한 관점들을 무릎으로 짚어 보는 감각
지구는 구했고
지구를 구한 후 무연히 포옹을 나누는 자축,
이 크기가 네 체온이구나*
네 온기가 내 시작이구나
겨울에는 거울 가까이
거울의 중심에는 중심 가까이
내 천사의 깊이를 완성하면서
가능한 천장마다 기분의 높이를 표시하면서
나는 네가 자랑스러울 텐데
나는 우리가 자랑스러울 텐데

악마를 울리면 나타날 수도 있지

거울과 겨울의 경계에 선 거인
거울의 겨울이 겨울의 거울처럼 반칙이라면
낯선 영웅들의 턱선을 믿어 왔다면

* 베르그만의 법칙.

풀장

발굴된 배경이 되려고 사라졌어요

먼 세계가 되려고 말을 잃어요

여름에는 물이 얼기를 기다리면서 형광으로 보호색을
완성시켰죠

나는 오랜 거대 거북의 무른 등껍질

우주에서 돌아와 눅눅해진 날개들

멸종하던 습관이 차라리 종교가 되는 침착하고 침착한
과정이에요

롤러코스터를 점거하는 실뱀들처럼 온몸으로 모르는 언
어를 잃어버리듯

내 그림자가 소년처럼 쏟아지면 깊이가 되고

풀장이 얼어 그 애가 자꾸만 미끄러지면

(천천히 사라지는 소년이 되면)

내 멀고 어린 것이 굳은살로 자라났는데

최선의 진화는 이런 것

최후의 언어는 이런 것

순한 동물의 꿈속에서 첫 계절을 이해했을 때

늦은 그림자의 두께로 온몸의 끝을 결정했을 때

폭설에는 문 밖에서 길고 따뜻한 꼬리

게릴라 가드닝(Guerrilla gardening)

앞니가 맑구나
앞니의 맑음이 너인 것같이

네 앞니가 빠질 것 같아
온몸이 열릴 것 같아
앞니가 자라는 감각은 무엇이었지?
문이 쾅 닫히는 걸까
끝끝내 시작되는 걸까

우리는 벽면을 통과하고 싶었지만
벽면에 낙서하지 않았지
미로에 낙서하고 싶었으니까
미로의 마디마다 도착하면서
텅 빈 무기들로 음악하면서
가볍게 꽃을 심는 밤이었으니
헤맬수록 완벽해지는 미로 속에서
미로 위로 올라서듯 사라지면서
먼 미래를 흔들었으니
미로 밖으로, 미로 밖에서, 미로를 곁에 둔다면

세계는 겹겹의 장미처럼 여름에 곁에 두는 미로일 텐데

내일이 미래였지만
가까운 미래에도 세계가 흔들렸지만
우리가 골목에 꽃을 심고 달아났을 때
유령의 것처럼 낙서를 완성했을 때
저것 봐,
무서운 사람이 유령의 것을 무서워하는

분명 너의 이론

이제 신(神)의 성별을 정하기로 할까
비밀스러운 목록을 완성했으니

우산과 양산으로 듣는 빗소리의 차이
새 양말의 켜켜한 아름다움
접이식 의자에 눈이 쌓인 것
미끄럼틀 끝에 눕는 것
사탕을 굴려낸 입속 상처들
물결 표시들
미러볼을 흘린 일
반사광
이따금 미래가 해결하는 것
분명 너의 이론이었던
형광 개구리가 전부인 생물 시간
동물의 몸을 갈라 붉은 뼈를 읽는
남자애 기분,

동물의 몸속은 웃는 표정이구나
그래서 내 얼굴은 내장이 아니었구나

내 꿈속은 내장이 아니었구나
양말 깊이 개구리 심장을 밀어 넣었던
여자애 기분,

신(神)은 두 명처럼 흔들리면서
하트 모양이 된 것 같았지
하트 모양 종이를 절반으로 접어 나누면
겉과 겉이 포개지는 깨끗하고 다정한 확률

유니베이지(Univeige)*

우주에서 돌아와 첫날이구나

무른 중력이 그립겠구나
어제는 귤 냄새가 그리웠다니
엉엉 울며 눈물공을 가지고 놀았다니
우리는 먼 미래를
세계의 비밀을 네게 질문할 텐데

빛의 이름을 결정하려고
별자리마다 깨진 거울을 놓고 왔을 때
우주의 무늬 틈으로
납작한 우주선의 넓이로
오랜 영원에 가 닿은 걸음,
우리는 찢어진 우주 여행권을 나누어 갖고
천문학의 거리 단위로
문학의 거리 단위로
그리운 빛 감각으로 이 세계를 기억했는데

어린 외계인이 지키는 비밀은 어때?

별에 대한 별것 아닌 비밀은 어때?
깊은 우주에서 가볍게 실눈을 뜨면
죽음 후에 뜨는 눈처럼
선의 굵기가 전부인 그림일 텐데

우주에서 오래오래 살 만큼 비밀을 몰랐다니
빈티지 우주복을 입고 장화를 구겨 신으면 미래였다니
네 여린 비밀들을 몰래 묻어 두면서
이미 늦은 미래에 도착하면서
다정한 우주빛을 기억한다면

네 비밀은 전부를 빌린 세계의
비닐도 뜯지 않은 새로운 것들

* 선택되지 못한 우주빛의 이름.

발루니스트(The Balloonist)

이후에 만나는 사람은 거짓말쟁이
올해의 가장 둥근 것을 굴려요

올해는 우리 모두의 생일
올해의 가장 착한 애가 풍선을 불어요

당신은 살아 있어요

당신은 살아 있어요

당신은 살아 있어요

당신은 살아 있어요

계단의 풍선껌이 아직 분홍색일 때
지문을 찍기 위해 자세를 포기하면서
숨을 쉴수록 사라지면서

무수히 문들인 시적 '틀뢴'

조강석(문학평론가)

1

어떤 시집은 공표된 체험의 내력이 시적 에너지의 원천이 된다. 말하자면 이채로운 경험들과 그로부터 기인한 감각과 사유의 독특한 형성 과정, 그리고 그 과정에서 축적된 문장들이 개성적으로 독자에게 말을 걸어오는 시집들이 있다는 것이다. 원체험의 강도가 너무나 강렬하게 드러나는 경우, 시집 안에서 자연스럽게 형성된 고유한 이미지들이 더러 원체험의 질료로 고스란히 환원되는 운명을 맞기도 한다. 그런데 지금 우리 앞에 놓인 한 젊은 시인의 첫 시집은 흥미롭게도 이와 정반대의 경로를 보여 준다. 틀림없이 어떤 원체험들에 기초해 진술되고 있는 문장과 그 안에서 다채롭게 넘쳐 나는 이미지들이 이 시집에 실린 마지막 시를 다 읽는 순간에도 체험의 질료로 환원되기를 완강하게 거부하면서 오히려 고유한 세계의 양감과 질감을 유지하고 있기 때문이다. 체험의 주관적 변용이나 실재의 환기 등과 전연 맥락을 달리하는 것은 아니면서도, 시집 전체가 일종의 이미지들의 원심력과 구심력에 의해 독자적 구조물을 축성하고 있으니, 최근 보기 드문 사례에 해당하는 이 시집 안에서 탄생하는 내적 실재를 20세기의 모든 소설을 개시한 작가의 힘을 빌려 또 하나의 '틀뢴'이라 칭하는 것도 과장은 아닐 것이다.

잘 알려져 있듯이 틀뢴은 보르헤스의 소설에 등장하는 한 가상 세계에 붙여진 이름이다. 그러나 주지하듯 틀뢴은 실제 현실 세계의 물리적·도덕적 법칙에 기초해 축조된 것이되 그것과는 다른 방식의 독자적 운영 체계를 지니고 있으며, 관념적인 방식으로 상기되는 것이 아니라 즉각적으로 촉지될 수 있을 것처럼 생생한 현실성을 지닌 세계이다. 다시 말해 현실의 물리적·심리적 규칙과 원칙 들에 기반해 세워졌으되 우리가 알고 있는 세계를 초과하기도 하고 포유하기도 하는 하나의 독립적이고 정합적인 세계가 바로 그 틀뢴이다. 즉 그것은 텍스트를 통해 내적 실재로 존재하게 된 하나의 세계가 아닐 수 없다.

이런 맥락에서 볼 때 염두에 두어야 할 것은 그 내적 실재가 특정 시공간 속에 놓인 우리의 현실과 전연 별개의 것이라거나 혹은 그것에 얽매인 내적 식민지라거나 아니면 거꾸로 우리의 현실을 규정하고 다스리는 형이상학적 관념의 집적물이 아니라는 것이다. 그것은 현실과 비스듬히 서 있는 또 하나의 실재 그 자체일 따름이다. 안미린의 첫 시집의 마지막 페이지를 넘기면서 마음속에서 꿈틀했던 것은 바로 그런 맥락에서의 '틀뢴'이었다.

2

가능하지만 별무소득인 일에 대해 우선 언급해 두어야겠다. 이 시집의 이미지들을 삶의 특정한 체험을 직접 지시하는 것으로 푸는 것은 가능하지만 실익이 별로 없는 작업이다. 그것은 시의 세세한 맥락을 더듬어 가는 과정을 통해 결과적으로 도달될 수 있는 것이지만 이 글에서는 그 귀착점에 대해 설명을 덧붙이지는 않을 것이다. 시집의 내적 실재에 대한 관심으로 충분히 흥미로울뿐더러 그 안에 이미 모종의 귀결이 담겨 있기 때문이다.

이 시집에는 독특한 시적 공간감을 형성하면서 일종의 힘의 균형점들로 그 공간의 부피를 견인하는 다섯 가지 중심적 이미지들이 상당히 지속적으로 반복되어 제시된다. 미리 말을 하자면 거울, 신, 기계, 뼈, 무릎과 같은 이미지들이 그것이다. 이 이미지들은 다섯 개의 원심적 벡터로 기능

하며 시집의 내적 실재에 양감을 제공하면서 동시에 서로를 열고 닫는 문에 비견된다. 즉 이 이미지들은 그 자체로 텍스트 바깥에서 오랫동안 숙성된 하나의 독립적 상징들로서의 의미를 지니고 시집 속으로 틈입해 들어온다기보다는 시집 안에서의 구체적 맥락 속에서 파생되고 전개되면서 다채로운 의미화 작용을 통해 하나씩 개별적으로 스스로의 의미론적 계기들을 보유하기 시작하는데 종국에는 그런 방식으로 개진된 이미지들이 다시 상호 교섭하면서 2차적 의미화 작용을 통해 시집 전체의 의미망을 축조하고 있다고 하겠다. 우선 다음 두 편의 작품을 살펴 보자.

(1)
스무 살의 신(神)이 있다
거울을 차곡차곡 쌓아 놓은 결과물

갓난애 눈물을 굳혀 만든 양초를 잃어버렸어
꿈속의 나와 꿈 밖의 내가 동시에 울기로 한다
눕혀진 거울을 세우던 최초의 시간
한번쯤 울어 보려고 퇴화하는 마지막 감정
나는 꿈 밖의 내게 이름 불렀지
나 자신을 전부 만져 봤던 감각을 기억해?
입에 넣어 봤던 꼬리의 길이를 가늠해?
투명의 반대말이 뭐게?

스무 살의 신(神)이 있어

빛으로 빛을 비추는 짓 한다

그림자가 가까운 인형에게 이름을 줬다 빼앗았을 때

눈물처럼 눈알이 떨어졌을 때

다음은 네 차례야

충분해진 촛불을 끄고

케이크에 얼굴을 푹 박아 줄 차례

—「반투명」

(2)

복제되고 다음 날 같다

가가 다에게 고백을 했다

전생에 나는 너를 잡아먹은 적이 있어

나는 외계인이 아니었어?

아니었어

아니었어?

어른이었어,

여자애라면 머리를 돌돌 말아 고정시켰지

—「라의 경우」에서

이 시집에서 가장 먼저 눈에 띄는 이미지는 거울 이미지인데 그와 유사와 차이를 동시에 드러내는 상호 관계 속에서 변주되는 복제/쌍둥이 이미지 역시 이 경로에서 함께 언급될 수 있을 것이다. 인용 (1)의 「반투명」은 이 시집의 첫머리에 놓인 작품으로 시의 서두에 대번 명료하고 독창적인 이미지 하나를 이 내재적 세계에 등재해 놓고 있다. 이 이미지는 시집을 읽는 독자에게 시집의 이미지들이 우리의 선이해(先理解, Vorverstandnis)와 별개로 우선적으로 이 시집 안에서의 의미론적 관계망 속에서 읽혀야 함을 웅변한다. "스무 살의 신"은 어떤 선이해 속에서도 해석을 구할수 없다. "거울을 차곡차곡 쌓아 놓은 결과물", "꿈속의 나와 꿈 밖의 내가 동시에" 서로를 비추면서, 단면들로부터무한을 생성시킨 결과로, 혹은 그 대가로 만든 신이 바로 "스무 살의 신"이다. 이 신이 하는 일이란 "빛으로 빛을 비추는 짓" 즉, 거울의 상호반사와 난반사를 주관하는 일일따름이다. 이 시집에서 다른 이미지들도 탄생과 성장과 변태(變態)를 거듭하지만 가장 빈번하게 등장하는 신 이미지는 대표적인 것이다. 그 숱한 사례들 중 현재의 맥락과 관계된 단적인 예를 하나만 들자면, 이런 대목을 꼽을 수 있을 것이다.

서로가 서로를 정립하는 긴장으로
무너진 인간을 밀어 올린 감각으로
신(神)이 빛을 비추지 않고 서서히 신(神)을 비추는 빛

——「온음계」에서

신은 빛으로 빛을 비추는, 거울로 거울을 반사하는 '무엇'인데 신이 빛을 비추지 않고 스스로를 비추기 시작하면 신은 '절대자'로서의 지위를 잃고 "서로가 서로를 정립하는 긴장" 즉, 타자에 의해 스스로를 확인하는 과정을 통해 존재하기 시작한다. 다시 말하자면 한정되기 시작한다는 것이다. 이런 방식의 의미론적 대리보충은 이 시집에서 자유자재로 행해지는데 전수조사를 행하기에는 지면상의 한계가 있으므로 여기서는 그 양상을 확인하는 것으로 대신하고 다시 인용된 시로 돌아오자.

"스무 살의 신"이란 결국 정체성 모델을 세우고 다시 이를 허물기를 거듭하면서 파쇄된 것들의 무한참조 과정을 주관하는 신으로 한정된다. 이런 방식으로 거울 이미지와 신 이미지는 서로를 들여다본다. '반투명'이라는 제목이 적실한 까닭에 대한 부연까지 필요하지는 않을 것이다. 투명한 것들의 무한적층으로 난반사가 이루어질 수는 없기 때문이다. 아마도 이런 사정은 두 번째 인용된 「라의 경우」에서도 마찬가지일 것이다. 여기서도 거울과 복제 이미지가 유사와 차이의 양가적 관계 속에서 변주되고 있음을 눈여겨볼 필요가 있다. 거울이 무한히 서로를 되비추는 것이라면 복제는 자신 안에서 타자인 자신이 서로를 계속해서 생산하는 양상과 관련된 이미지일 것이다. 짧은 지면에 일일이 열거할 수는 없지만 거울/복제 계열의 이미지들은 56편의 작품이 실린 이 시집에서 15회 이상 변주되면서 같은 계열의 쌍둥이 이미지와 더불어 고유한 의미의 그물을 낳는다. 이처럼 양상을 달리해 나타나고 서로를 참조하는 거울과 복제 이미지를 정체성 테마와 관련지어 푸는 것은 가능한 결과론에 해당할 것이다.

3

앞서 인용한 시에도 등장했지만 이 시집에서 가장 빈번하게 등장하는 이미지 중 하나는 바로 신(神)이다. 너무나 빈번하게 등장하여 일일이 열거하기조차 어려울 정도여서 차라리 이 중 눈에 띄는 작품을 가져오고 이 세계 안에서 '신을 읽는' 하나의 방법을 제안하는 게 낫겠다. 아래 인용된 시들에는 신 이미지와 더불어 이 시집의 중요한 다섯 가지 이미지들 중 나머지에 해당하는 기계 이미지와 뼈 이미지가 동시에 등장한다. 이미 언급한 바 있지만 이 시집을 읽는 방식은 마치 거울이 거울을 서로 비추고 참조할 때의 숫자와 같고 따라서 이 시집에 입사하는 경로 역시 다섯 개의 주요 이미지 ─ 왜 다섯 개만 있겠는가? ─ 중 어느 곳을 통해도 무방하다. 중요한 것은 이미지들이 우리와 익숙한 현실에서 무엇을 지시하는가를 헤아리는 것이 아니라 관계론적 양상을 통해 짜이는 의미론적 그물망들이다.

(1)

기계가 태어나는 계절이었나
기계들의 생일은 계절이었나

가까운 미래가 아니었는데
별 모양의 숫자를 본 적이 없어
낮고 따뜻한 기계들은 고장이 났어
긴 겨울마다 구름이 완료된다면
구름 기계가 완성될 텐데

펭귄들이 알 모양의 0을 품는다
알의 입장을 알 속에 숨겨 놓았다
균열과 무늬를 동시에 깨달았더니
쏟아지는 빗금들
날개의 농도를 결정했더니
부드러운 멀미약
0 이후가 00이라는 믿음과
0을 ㅇ으로 읽는 무의식과 고차원

가까운 겨울이 아니었지만
문이 없는 계절을 알 수 없었지
운명 없이 별자리가 겹칠 때
기계는 인간보다 가벼운 신(神)을 닮았고

바닥의 화살표가 어디론가 번질 때

공중을 묘하게 가로지르는 스파이 펭귄

———「0의 자리」

(2)

뼈와 뼈를 흔들어

뼈와 뼈를 빌면서

온몸으로 눈을 감을 때

온몸으로 문을 닫을 때

신(神)의 모든 원인은

뼈의 깨끗함

———「층층」에서

　신 이미지와 관련해서라면 우선 인용 (1)에서 "기계는 인간보다 가벼운 신(神)을 닮았고"라는 대목이 눈에 띈다. 다시 앞에 인용한 시의 한 대목을 재활용하자면 "입에 넣어봤던 꼬리의 길이"(「반투명」)로만 가늠되는 의미를 살펴보는 것이 중요하다. 내적 실재 안에서의 척도가 의미의 유일한 척도이기 때문이다. 그 내적 관계가 지시하는바, 신은 인간보다 가볍고 기계는 바로 그런 신을 닮았다고 한다. 그리고 이 시에서 "기계"는 "긴 겨울마다 구름이 완료된다면/ 구름 기계가 완성될 텐데"라는 대목에 의해서만 한정된다. 여기서 중요한 것은 "~마다"라는 조사다. "겨울마다 구름이 완료되는" 어떤 패턴이 있다면 그 패턴은 구름을 낳는 기계라고 명명될 수 있다는 것이다. 그리고 이 문장은 바로 다음 대목 즉, 펭귄들이 0 모양의 알을 품는 것이 아니라 "알 모양의 0을 품는다/ 알의 입장을 알 속에 숨겨 놓았다"는 문장으로 이어진다. 알이 0을 닮았다는 비유가 전통적인 것임을 우리는 알고 있다. 그런 아날로지 체계 속에서 사물과 형상, 사물과 속성 등은 선후관계와 위계를 지닌다. 그러나 마주 세운 거울들의 세계에서는 어느 것이 연역의 틀이고 어느 것이 귀납의 대상일 것인가? 형이상학적 위계와 선후관계에 대한 선이해 없이 고스란히 내적 실재들의 관계 속에서 새롭게 생성되는 세계 안에서 "운명 없이 별자리가 겹칠 때" 즉, 선험적인 형이상학이 전제되지 않을 때, 그런 세계에서는, 신은 반복을 주관하고 기계는 패턴과 틀을 생산한다. 그리고 인간은 반복과 규칙의 패턴을 통해 연역을 범하는 형이상학을 무색하게 하는 구체적이고 개별적인 예외들로 존재한다. 기계를 의미론적 관계망의 한 축으로 삼아 인간과 신의 관계를 이런 방식으로 규정하는 예들을 이 시집의 다른 대목들에서도 확인할 수 있는데 "등 뒤에서 너무 어린 신(神)은 울음을 터뜨리는데/ 그 애를 다 키워서 연애하려면"(「먼 훗」 부분)과 같은 대목을 이 의미론적 연쇄의 축에 걸어둘 수 있을 것이다.

아마도 "스파이 펭귄"(Robot Penguin-Cam)이라는 마지막 구절에 비추어볼 때, 펭귄들의 습성을 무인 카메라에 의탁

해 기록한 다큐멘터리에서 착안되었을 법한 이 시는 그 자체가 형이상학이 전제되지 않은 인간의 삶에 대한 일종의 이미지를 낳는다고 할 수 있겠다. 동시에 안미린 특유의 관찰과 사유가 어떻게 이미지들의 내적 실재를 벼리게 되는지를 단적으로 드러내는 예라고도 할 수 있다. 그런 맥락에서 계속 말해 보자면 예컨대, 두 번째 인용한 시에서 "신(神)의 모든 원인은/ 뼈의 깨끗함"과 같은 서늘한 이미지 역시 이 시집의 또 다른 의미론적 계열을 열어젖히는 구절이 아닐 수 없을 것이다. 자기원인으로서의 신의 존재를 증명하는 데 사유의 끝을 걸었던 근대의 이신론(deism, 理神論)자들이 이 구절을 건사할 수 있을까?

4

신과 뼈 계열의 축에서 우리는 다음과 같은 시를 눈여겨볼 수 있다.

    얇은 영혼에는 뼈가 더 없을까
    피가 더 없을까

    신(神)은 흔들려
    영혼에 가까워질까

이끌려 소년에 가까워질까

이끌려 소년에 가까워지면

향수병의 입구를 핥고 싶어지면

향수병의 입구를 핥는 소년이 되면

정교한 갈비뼈의 청년이 되면

셋 다 죽는 연애 속에서

엎드려 반지를 끼고

반지를 낀 영혼이 되면

엎어진 영혼은 뼈를 믿으면서 흘렀다는 말,

피를 묻히면서 믿어 왔다면

너희는 소년의 것과 흐린 경찰의 것

먼 영혼은

알비노와 흰 것에 대한 초현실

―「청교도」

제목이 '청교도'인 것에 우선적으로 눈길을 주는 것
을 경계하자. 내적 실재의 관계망 안에서 이미지들은 서로
를 되비춘다. 1연의 질문은 그 자체로 청신하다. 얇은 것
이 있고 그것이 영혼이라면 그 얇은 것 안에 보다 결여된
것은 뼈일까, 피일까? 뼈와 피의 의미 역시 시의 다음 대
목―그리고 물론 다른 시들과의 관계 속에서 확장될 것

이지만 ─ 에서 한정 가능하다. 2연에 등장하는 신이 이미 우리의 구체적 시공 속에서 선이해된 신은 아닐 것임은 앞서 살펴보았다. 그것은 이 시집의 여러 맥락을 건사함으로써만 존재론적으로 증명되는 신이되 전지전능은커녕 일사일언에 의해서만 스스로의 속성을 부여받는 존재자의 이름이다. "신(神)의 모든 원인은/ 뼈의 깨끗함"이라는 구절이 이 시의 "정교한 갈비뼈의 청년"이라는 대목과 교통하고 있음은 물론이다. 신은 향수에 끌리는 소년에 가까워지기도 하고, 정교하고 튼튼한 뼈를 지닌 청년에 가까워지기도 한다. 그런가 하면 죽음에 이르는 어긋난 연애의 결과로 남겨진 징표 안에서 현현하는 것이 목격될 때도 있다. 한번 깨끗함이라는 속성을 얻었던 뼈 이미지는 여기서는 그런 방식의 단단함이나 굳건한 믿음과 결부된다. 예컨대 이는 "미래처럼 물렁뼈인 것"(「무척추」)과 같은 대목을 그 반증으로 삼아 단적으로 검토될 수 있는바, 이 시집에서 빈번하게 등장하는 시어 중 하나인 "미래"가 "물렁뼈"에 비견됨을 볼 때 불확실하고 불투명한 것의 의미론적 대척점에 놓인 것이 이 시에서의 뼈 이미지이다. 그리고 "엎어진 영혼은 뼈를 믿으면서 흘렀다는 말,/ 피를 묻히면서 믿어 왔다면"이라는 대목에서 피는 뼈와의 관계 속에서만 의미를 획득함을 알 수 있다. 다시 말해 그것은 약속과 미래, 단단함과 불투명한 것 사이의 흐름에 비견될 수 있는데 소년과 경찰은 이런 이원적 관계의 또 다른 축에서 발전된 이미지

임은 자명하다. 2*2의 경우의 수를 여기서 풀지는 않겠다.

　"얇은 영혼"으로 시작된 이 시는 "먼 영혼"에 대한 규정으로 마무리된다. 얇은 영혼에는 단단함과 확실함에 대한 믿음이 결여된 것일까, 아니면 '깨끗하고 명료한' 어떤 것에 이르는 '천로역정'이 부족한 것일까? "먼 영혼"의 경우는 어떠한가? 알비노와 흰 것은 알과 0의 관계를 반복한다. 지금까지 살펴본 이 시집의 내적 실재가 지시하는 사실관계에 입각해 말해 보자면, 그것은 "기계"이자 때로 "신"이다. "얇은 영혼"이 단단한 미래와 구체적 실천을 결여한 영혼이라면 "먼 영혼"은 사물과 속성의 선후 관계 혹은 귀납과 연역의 관계를 되물리는 영혼이다. 그리고 얇은 영혼과 먼 영혼은 비스듬히 서로를 되비춘다. 이것은 다시 '스무 살의 신'을 호출한다. 시의 제목이 '청교도'인 까닭을 부연할 필요가 있을까?

5

　앞서 살펴본 이미지들과 더불어 이 시집에서 함께 언급되어야 할 이미지가 있다. 바로 무릎 이미지가 그것이다. 어떤 의미에서 그러한가?

(1)

큰 과자의 처음처럼 입술을 다치고

전부 끝날 것처럼 거꾸로 숫자를 세면

멍든 무릎에 문장을 적어 두었다가

어린애처럼 입을 다물고 어린애처럼 조금씩

해야 할 말을 시작하듯이

미래가 올 것 같았지

—「유령 운동」에서

(2)

모두와 걷는 일은 무릎을 감싸 안는 일,

인간과 사람을 동시에 웃겨 보는 일,

두 줄 그어 삭제한 손금을 지도 밖으로

미래 가까이 옮겨 놓는 일

—「초대장 박쥐」에서

인용(1)에서 무릎은 중력이나 일상의 제약과 관계 깊다. 무릎은 일종의 존재론적 무게 추이자 용수철이다. 꿇기 위해서 무릎이 있고 도약을 위해서 무릎이 있다. '물렁뼈와 같은' 미래가 '깨끗한 뼈'의 신탁과 교차하게 만드는 낮은 무게중심이 무릎이다. 인용(2)에서 그것은 무릎을 감싸 안고 미리 결정된 운명을 미래에 비추어 보는 것에 비견된다.

이때 무릎은 제한된 시계(視界)와 결부된다. 그것은 한 사람의 운신 범위 속에 제한된 것이자 한 사람이 포괄할 수 있는 최대치이다. "거대한 관점들을 무릎으로 짚어 보는 감각"(「거인의 원본」)과 같은 용례에서도 무릎은 포괄이나 비약을 쉽게 용인하지 않는 구체성과 관계 깊다. 그런 의미에서 보자면 이 시집에서 무릎 이미지 역시 고유의 맥락에서 적실하게 사용되고 있다고 할 수 있다.

6

안미린의 첫 시집의 주요 이미지들은 이처럼 서로를 열고 닫는 문에 비견된다. 서로를 되비추고 증식시키는 거울은 구체적인 각도와 범위 안에서만 신을 호출하고 한정하는데 그 신은 인식과 실천의 기계적 자동성을 새로운 맥락에서 일별하게 한다. 우리가 알고 있는 기성의 세계를 재편한다는 것이다. 미확정의 세계에서 떠올리는 단단하고 깨끗한 뼈가 그 세계의 목적인이라면 실패와 도약의 임계에 놓인 물리적 실재로서 무릎은 텍스트의 내적 실재와 구체적 시공 속에 놓인 삶의 세계를 느슨하게 포개는 누빔점(point de caption)에 비견된다. 그리고 이런 방식의 독해는 어떤 권위도 확보할 수 없다. 무수히 문들인 저 세계로의 초대 앞에서.

지은이   안미린
1980년 서울에서 태어났다.
2012년 《세계의 문학》으로 등단했다.

빛이 아닌 결론을 찢는

1판 1쇄 펴냄 2016년 9월 9일
1판 4쇄 펴냄 2020년 1월 17일

지은이 안미린
발행인 박근섭, 박상준
펴낸곳 (주)민음사

출판등록 1966. 5.19. (제16-490호)
서울특별시 강남구 도산대로1길 62(신사동)
강남출판문화센터 5층 (06027)
대표전화 02-515-2000 / 팩시밀리 02-515-2007
www.minumsa.com

ISBN 978-89-374-0846-5
      978-89-374-0802-1 (세트)

민음의 시

민음의 시
목록